Jean-Joseph Rabearivelo

Presque-Songes
suivi de
Traduit de la Nuit

Edition : Culturea (culurea.fr), 34 Hérault
Contact : infos@culturea.fr
Impression : BOD, Norderstedt (Allemagne)
ISBN : 9791041979905
Date de publication : juillet 2023
Mise en page et maquettage : https://reedsy.com/
Cet ouvrage a été composé avec la police Bauer Bodoni

Lire

Ne faites pas de bruit, ne parlez pas :
vont explorer une forêt les yeux, le cœur,
l'esprit, les songes…

Forêt secrète bien que palpable :
forêt.

Forêt bruissant de silence,
Forêt où s'est évadé l'oiseau à prendre au piège,
l'oiseau à prendre au piège qu'on fera chanter
ou qu'on fera pleurer.

À qui l'on fera chanter, à qui l'on fera pleurer
le lieu de son éclosion.

Forêt. Oiseau.
Forêt secrète, oiseau caché
dans vos mains.

Le poème

Paroles pour chant, dis-tu, paroles pour chant,
ô langue de mes morts,
paroles pour chant, pour désigner
les idées que l'esprit a depuis longtemps conçues
et qui naissent enfin et grandissent
avec des mots pour langes –
des mots lourds encore de l'imprécision de l'alphabet,
et qui ne peuvent pas encore danser avec le vocabulaire,
n'étant pas encore aussi souples que les phrases
[ordonnées,
mais qui chantent déjà aux lèvres
comme un essaim de libellules bleues au bord d'un fleuve
salue le soir.

Paroles pour chant, dis-tu, paroles pour chant,
paroles pour chant, pour désigner
le frêle écho du chant intérieur
qui s'amplifie et retentit,
tentant de charmer le silence du livre
et les landes de la mémoire,
ou les rives désertes des lèvres
et l'angoisse des cœurs.

Et les paroles deviennent de plus en plus vivantes,
que tu croyais en quête du Chant ;
mais elles deviennent aussi de plus en plus fluides et
[ténues,
comme cette brise qui vient des palmiers lointains
pour mourir sur les cimes sourcilleuses.
Elles deviennent davantage des chants,
elles deviennent elles-mêmes – ce qu'elles ont toujours été
jusqu'ici, en vérité.
Et je voudrais changer, je voudrais rectifier

et dire :
chants en quête de paroles
pour peupler le silence du livre
et planter les landes de la mémoire,
ou pour semer des fleurs aux rives désertes des lèvres
et délivrer les cœurs,
ô langue de mes morts
qui te modules aux lèvres d'un vivant
comme les lianes qui fleurissent les tombeaux.

Été

Sème, sème l'été,
sème des grains d'eau lumineux.
Plante, plante l'été,
plante des tiges d'eau frêles.
Sème, sème, plante, plante,
sème et plante dans le crépuscule.
Qui ou quoi moissonnera les épis ?
Qui ou quoi cueillera les fruits ?
Est-ce le petit oiseau brûlé de soif
venu des sylves gorgées de cours d'eau pure
celée, celée sous des ronces ?
Ou l'abeille qui est comme ivre de soleil
et qui titube au cœur des branches ?
Ou la femme-enfant qui vient de dénouer sa chevelure
et qui a lavé des effets au bord du fleuve ?
Ou bien une source, quelque part, s'est-elle tarie
au point que son jaillissement éteint regrette les fleuves ?

Mais n'est-ce pas plutôt qu'un fleuve bruissant,
ici ou là, n'arrive plus jusqu'au golfe,
et n'arrive plus à grossir la mer ?
Ou que la plantation de ceux qui sont sous la terre
devient deux fois ombre dans les ténèbres ?
Je crois, moi, que ce sont les plantes
qui brûlent d'offrir à mes yeux parfois bleus,
et brûlent d'offrir au jour frais éclos
qui fermera ses ailes au seuil de la nuit,
des épis et des fruits fécondés par l'été.

Les trois oiseaux

L'oiseau de fer, l'oiseau d'acier,
après avoir lacéré les nuages du matin
et voulu picorer des étoiles
au-delà du jour,
descend comme à regret
dans une grotte artificielle.

L'oiseau de chair, l'oiseau de plumes
qui creuse un tunnel dans le vent
pour parvenir jusqu'à la lune qu'il a vue en rêve
dans les branches,
tombe en même temps que le soir
dans un dédale de feuillage.
Celui qui est immatériel, lui,
charme le gardien du crâne
avec son chant balbutiant,
puis ouvre des ailes résonnantes
et va pacifier l'espace
pour n'en revenir qu'une fois éternel.

Le bien vieux

J'avais bien vu des vieux et des vieux
avant de placer mes deux mains
dans celles de celui qui sait lire le Sort
dans les paumes,
avant de les lui offrir
pour qu'il y cherchât les monts et les plaines
cultivés par mon étoile.

J'avais vu des vieux et des vieux,
mais pas un comme celui-là.

La nuit de ses cheveux d'antan
était remplacée par la pleine lune de sa calvitie,
entourée d'un mince buisson blanc ;
et sa bouche qui ne savait plus parler
qu'aux ancêtres qui l'attendaient,
balbutiait comme celle d'un enfant,
bien qu'elle révélât l'Inconnu.

Que pouvaient encore voir ses yeux lourds des jours vécus ?
Captive y était sa jeunesse !
Captive sans espoir d'évasion !

Et quand il me regarda, quand il explora les monts et les plaines
dans le creux de mes mains,
quand son regard éteint croisa le mien
et y devina une flamme pacifique,
je crois encore que sa jeunesse s'y débattait,
s'y débattait en pure perte !

Mais non ! la captive put briser ses liens
et fut délivrée :
elle était réincarnée dans la mienne,

selon la croyance du bien vieux
qui se mirait en moi.

Fièvre des îles

Le soleil s'est-il brisé sur ta tête
pour que tu sentes ses éclats s'enfoncer
dans l'arbre qui soutient ton dos,
puis vriller à sec dans les branches de ton corps ?
Ton crâne est un énorme fruit vert que mûrit
la canicule de tous les Tropiques –
de tous les Tropiques, mais sans la fraîcheur
de leurs palmiers ni de leur brise marine !

Ta gorge est sèche, tes yeux s'enflamment ;
et voici que tu vois, au-delà de ce que voient les hommes,
tous les Tropiques :
voici des makis parés comme des mariés ;
leurs quatre mains sont chargées de régimes de bananes,
et chargées de fleurs jamais vues par ceux qui ne sont pas
[des gens
de forêts ;
et, parmi leur voix heureuse de se baigner au soleil,
voici tout le tumulte des cascades.

Mais, simultanément,
est-ce la glace de la terre qui t'appelle
qui déjà t'enveloppe tout entier,
pour que tu sentes ce frisson à travers tout ton être,
et pour que tu sembles vouloir te cacher sous les nuages
[du ciel,
et sous toutes les feuilles des sylves insulaires,
et sous toutes leurs lourdes brumes,
et sous les dernières pluies au parfum de lait brûlé.

Scelle fortement tes lèvres afin que n'en sorte
aucune des choses que tu vois,
mais que ne voient pas les autres !

Que te berce cet écho qui s'amplifie
dans tes oreilles,
lesquelles sont devenues deux coquillages jumeaux
où palpite la mer qui t'entoure,
ô jeune enfant des îles !

Fruits

Tu peux choisir
entre les fruits de la saison parfumée ;
mais voici ce que je te propose :
deux mangues dodues
où tu pourras téter le soleil qui s'y est fondu.
Que prendras-tu ?
Est-ce celle-ci qui est aussi double et ferme
que des seins de jeune fille,
et qui est acide ?
Ou celle-là qui est pulpeuse et douce comme un gâteau
[de miel ?
L'une ne sera que violentes délices,
mais n'aura pas de postérité,
et sera étouffée par les herbes.
L'autre,
source jaillissant de rocher,
rafraîchira ta gorge
puis deviendra voûte bruissante dans ta cour,
et ceux qui y viendront y cueilleront des éclats de soleil.

Images lunaires

Clair de lune, clair de lune – et après ?
Ne bois pas trop le lait qui fuit
du pis de cette chienne sauvage et borgne
qui aboie dans les ruines du ciel
comme pour appeler du fond du désert de la nuit
son innombrable progéniture
dont s'ouvrent les yeux en myriades d'étoiles.

Clair de lune, clair de lune – et après ?
Le vent lui-même est laiteux
qui ébranle les ombres sculptées
sur le sol
et augmente le nombre des âmes
visibles de toutes les choses
qui semblent fuir l'aboiement silencieux
mais résonnant partout.

Clair de lune, clair de lune - et après ?

Vois-tu ces oiseaux pacifiques
qui grandissent au cœur du paysage fantomatique ?
Ils paissent l'ombre,
ils picorent la nuit.

De quoi donc leur jabot sera-t-il rempli
lorsque deviendront des chants dans le leur
les épis de riz et de maïs
ravis par les coqs ?

Clair de lune, clair de lune – et après ?

Moi, je ne suis plus assez jeune
pour chercher une sœur lunaire dehors

après les rondes enfantines :
je tiendrai mes enfants dans mes bras jusqu'à ce qu'ils
[s'endorment,
et il est des livres que je lirai avec ma femme
jusqu'à ce que la lune change
et devienne pour nous elle-même
en l'attente de l'aube
qui nous surprendra aux rives du sommeil.

Le Bœuf-blanc

Cette constellation en forme de croix est-elle l'Étoile du Sud ?
        Je préfère l'appeler Bœuf-blanc, comme les Arabes.

Il vient d'un parc s'étendant au bord du soir
        et s'engage entre deux voies lactées.

Le fleuve de la lumière ne l'a pas désaltéré,
        et le voici qui boit avidement au golfe des nébuleuses.

Étant un éphèbe aveugle dans les régions du jour,
        il n'a pu rien y caresser avec ses cornes ;
mais, maintenant que des fleurs naissent aux prairies de la nuit
        et que la lune les broute en bondissant comme une taure,
ses yeux recouvrent la vue, et il paraît plus fort que les bœufs
                                                                [bleus
        et les bœufs sauvages qui dorment dans nos déserts.

Naissance du jour

Avez-vous déjà vu l'aube aller en maraude
au verger de la nuit ?
La voici qui en revient
par les sentes de l'Est
envahies des glaïeuls en fleurs :
elle est toute entière maculée de lait
comme ces enfants élevés jadis par des génisses ;
ses mains qui portent une torche
sont noires et bleues comme des lèvres de fille
mâchant des mûres.

S'échappent un à un et la précèdent
les oiseaux qu'elle a pris au piège.

Autre naissance du jour

On ne sait si c'est de l'Est ou de l'Ouest
qu'est venu le premier appel ;
mais maintenant,
dans leurs huttes transpercées par les étoiles
et les autres sagaies des ténèbres,
les coqs se dénombrent,
soufflent dans des conques marines
et se répondent de partout
jusqu'au retour de celui qui est allé dormir dans l'océan
et jusqu'à l'ascension de l'alouette
qui va à sa rencontre avec des chants
imbus de rosée.

Une autre

Fondues ensemble toutes les étoiles
dans le creuset du temps,
puis refroidies dans la mer
et sont devenues un bloc de pierre à facettes.
Lapidaire moribonde, la nuit,
y mettant tout son cœur
et tout le regret qu'elle a de ses meules
qui se désagrègent, se désagrègent
comme cendres au contact du vent,
taille amoureusement le prisme.

Mais c'est une stèle lumineuse
que l'artiste aura érigée sur sa tombe invisible.

Flûtistes

Ta flûte,
tu l'as taillée dans un tibia de taureau puissant,
et tu l'as polie sur les collines arides
flagellées de soleil ;
sa flûte,
il l'a taillée dans un roseau tremblotant de brise,
et il l'a perforée au bord d'une eau courante
ivre de songes lunaires.

Vous en jouez ensemble au fond du soir,
comme pour retenir la pirogue sphérique
qui chavire aux rives du ciel ;
comme pour la délivrer
de son sort ;
mais vos plaintives incantations
sont-elles entendues des dieux du vent,
et de la terre, et de la forêt,
et du sable ?

Ta flûte
tire un accent où se perçoit la marche d'un taureau furieux
qui court vers le désert
et en revient en courant,
brûlé de soif et de faim,
mais abattu par la fatigue
au pied d'un arbre sans ombre,
ni fruit, ni feuilles.

Sa flûte
est comme un roseau qui se plie
sous le poids d'un oiseau de passage –
non d'un oiseau pris par un enfant
et dont les plumes se dressent,

mais d’un oiseau séparé des siens
qui regarde sa propre ombre, pour se consoler,
sur l’eau courante.

Ta flûte
et la sienne –
elles regrettent leurs origines
dans les chants de vos peines.

Mesures du temps

Impitoyable chasse
où tout le jour se passe
selon cette ombre errant
sur le cadran.

P. CAMO.

1, 2, 3 –12 :
le soleil sort à peine de son bain
et ruisselle encore d'eau marine
aux portes du ciel –
ainsi jusqu'aux ablutions de la lune
dans les fontaines.

1, 2, 3 – 12 :
Qu'est-ce ? C'est peut-être mon petit garçon qui apprend à
[compter ?
Mais il a depuis longtemps dépassé le nombre des apôtres !

Et cette aiguille sans chas,
cette aiguille qui cherche une issue dans sa prison de verre
Tandis que se dispersent les troupeaux stellaires,
puis rentrent en leur parcage inconnu,

Et cette aiguille sans chas,
que fait-elle ? Rassemble-t-elle les morceaux du temps
pour en vêtir l'Éternité ?
– Mais ma petite fille a déjà monté combien de robes pour
[sa poupée ?

1, 1 – 2, 2 – 3, 3 – 12, 12 :
selon la fuite du temps
harponné vainement par l'aiguille !

Où sont les sages, où sont les simples !
Ils mesuraient le temps d'après la vie des bêtes
et l'odeur des plantes :
la grenouille se réveille, le coq chante,
l'oiseau des sables s'envole,
les feuilles embaument.
Surtout, d'après la place de l'ombre inséparable de
[l'homme vivant,
d'après la place de cette âme visible,
ils savaient mesurer le temps dont ils venaient de
[triompher
ou qui venait d'avoir raison d'eux.

Cactus

Cette multitude de mains fondues
qui tendent encore des fleurs à l'azur,
cette multitude de mains sans doigts
que le vent n'arrive pas à agiter,
on dit qu'une source cachée
sourd dans leurs paumes intactes ;
on dit que cette source intérieure
désaltère des milliers de bœufs
et de nombreuses tribus, des tribus errantes,
aux confins du Sud.

Mains sans doigts jaillies d'une source,
mains fondues couronnant l'azur.

Ici,
quand les flancs de la Cité en étaient encore aussi verts
que les clairs de lune bondissant dans les forêts,
quand elles éventaient encore les collines d'Iarive
accroupies comme des taureaux repus,
c'était sur des rochers escarpés et défendus même
[des chèvres
que s'isolaient, pour garder leurs sources,
ces lépreuses parées de fleurs.

Pénètre la grotte d'où elles sont venues
si tu veux connaître l'origine du mal qui les décime,
– origine plus nébuleuse que le soir
et plus lointaine que l'aurore –
mais tu ne sauras pas plus que moi :
le sang de la terre, la sueur de la pierre
et le sperme du vent
qui coulent ensemble dans ces paumes,
en ont dissous les doigts

et mis des fleurs d'or à la place.

Je sais un enfant,
prince encore au royaume de Dieu,
qui voudrait ajouter :
« Et le Sort, ayant eu pitié de ces lépreuses,
leur a dit de planter des fleurs
et de garder des sources
loin des hommes cruels. »

Un clin d'œil

Les yeux s'ouvrent, les yeux se ferment,
– on ne sait s'il peut frapper aux portes du ciel,
pendant ce temps l'éclair le plus rapide.
Les yeux s'ouvrent, les yeux se ferment,
– arrivent-il à franchir ce qui forme l'univers pour une
[fourmi,
le pas hésitant d'un enfant ?

Les yeux s'ouvrent, les yeux se ferment :
tes songes deviendront des cauchemars
si tu penses trop à ce qui peut mystérieusement se passer
pendant ce temps !

Quelles rides, que de rides secrètes
plissent alors le front de la terre,
et les joues de ta bien-aimée,
et celles des femmes que tu désires,
et celles des autres que tu ne connais même pas !
Quelles ébauches de fils blancs
s'apprêtent à coudre la jeunesse
et tressent le linceul qui enveloppera
les personnes qui ont trop vécu !

Les yeux s'ouvrent, les yeux se ferment –
Si tu vas à ces fenêtres
Ouvertes sur le monde,
n'y dénombre pas les fleurs qui viennent de naître
sur la tombe de celles qui sont déjà tombées ;
ne cherche pas à y trouver les stèles commémoratives
de ce qui n'est plus
ou de ce qui a changé dans le silence du Sort ;
– ces stèles écroulées aussitôt érigées
au cimetière qui s'étend derrière les yeux.

N'y contemple que cette jeunesse éternelle
qui s'offre à toi,
en un clin d'œil,
et qui est fille des vieux mondes successifs.

Haute futaie

Je ne viens pas pour saccager les fruits
que tu tends, sur tes cimes inaccessibles,
au peuple des étoiles et à la tribu des vents,
non plus pour arracher tes fleurs que je n'ai jamais vues,
dans le but de m'en vêtir ou d'en cacher quelque honte que
[j'ignore,
moi, l'enfant des collines arides.

Mais je me suis soudain souvenu dans mon dernier sommeil
qu'était toujours amarrée avec les lianes de la nuit
la vieille pirogue des fables
qui tous les jours faisait passer mon enfance
des rives du soir aux rives du matin,
du cap de la lune au cap du soleil.

Je l'ai ramée, et me voici en ton cœur, ô montagne végétale !
Me voici venu pour interroger ton silence absolu,
pour chercher le lieu où les vents éclosent
avant d'ouvrir des ailes trouées chez nous –
trouées par le filet immense des déserts
et par les pièges des villes habitées.

Qu'entends-je ? que vois-je, ô haute futaie ?
Voici des sons perdus qui se retrouvent et qui se perdent
[de nouveau
comme des fleuves souterrains
passés par d'énormes oiseaux aveugles
qu'emporte le courant rapide
pour être ensevelis sous la vase.

C'est ta respiration, ta respiration profonde
et déjà pénible comme celle d'un vieillard
qui gravit la côte de ses souvenirs

tout en descendant la pente des jours qui vont tarir.
Ta respiration, et celle de tes oiseaux innombrables,
et celle de tes branches broutées par tout un monde
[apocalyptique.

Mais que puis-je voir dans ta nuit sans couleur,
dans ta nuit plus éternelle que la mort des vertueux
et que la vie des misérables,
ô grotte de feuilles dont une issue se trouve peut-être au
[bord des mers
et l'autre dans l'abîme de l'horizon,
ô toi qui es pareille à un arc-en-ciel reliant deux
[continents ?

Je ne verrai que le soleil qui se débat,
– comme un sanglier sagayé dans les buissons de l'azur –
sanglier de lumière pris dans les rets puissants
que tu tends au milieu de fruits mûrs et de fleurs durables,
là-haut, là-bas, à l'extrême limite
où le génie de la terre et la force de l'arbre peuvent se
[rencontrer.

Mais, plus tard, bien que des jours aussi innombrables
que tes feuilles successives soient déjà tombés dans
[l'éternité,
bien que les nuits septuples aient plus de sept fois épaissi
[la nuit du temps,
tant que je pourrai cueillir les matins en fleurs
au bout de la tige brisée des soirs,
je garderai toujours le souvenir de ton silence et de ta
[clarté étranges.

Ils seront comme des galets projetés sur le sable
et ramassés par un vieux marin
qui les emporte chez lui et les place près de la coque
d'une minuscule pirogue à balancier
achetée dans une île lointaine que le rêve seul habite,
mais où des cabanes bordent la mer.

Ils seront plutôt comme des billes d'ébène,
de bois de rose ou d'autre essence précieuse
que je mettrai sur ma table
où ton souvenir les sculptera patiemment
pour en faire des fétiches aux yeux de verre,
des fétiches silencieux au milieu de mes livres.

Imprimés

Plus que les grandes cartes en couleurs
qui pendent aux murs de mon enfance
et que je consulte
chaque fois que mes enfants gravissent l'escalier de la
[curiosité ;
plus que la mappemonde sphérique
qui regarde avec ses yeux de néant
les livres de mon libraire –
plus que tous ces miroirs sans tain
qui reflètent l'univers ;
plus que cette ridicule prison
qui garde en vain les montagnes,
et les forêts, et les mers,
et les immenses savanes,
arrachent à son sommeil le voyageur
qui est en moi,
ces imprimés de partout
qu'on éparpille sur la grande table de la Poste
puis qu'on passe de main en main, ici et là,
avant d'être engouffrés dans la sacoche tannée du facteur
qui les distribue après les lettres d'amour ou d'amitié.

Y résonnent, dans le silence,
la pensée du monde entier
et les diverses minutes de sa vie,
et tous ses événements.
Y voisinent les mots les plus divins
et les plus purs balbutiements,
et l'angoisse des hommes et leur sérénité,
et l'anneau qu'on passe au doigt
et le poignard qu'on plonge dans le cœur,
et les premiers pleurs d'un enfant
et la terre qu'on jette sur un cercueil.

Ô imprimés de partout
engouffrés dans une sacoche tannée,
qui parlez souvent dans une langue qui m'est inconnue
et qui vous glorifiez de vos arabesques entrelacées
comme des nervures de palmiers tressées en Arabie,
ou une natte coupée
sous la nuque d'un Chinois,
ou comme des volutes de fumée
ravies au calumet d'un Peau-rouge d'Amérique
et qui tremblotent encore comme des barbes de maïs
ou les ramages de la belle robe
qui sculpte le corps d'une Indienne,
ô feuilles assemblées
qui voulez vous envoler
de sous vos bandes,
mon désir d'errer
jusqu'au bout du monde
s'évade avec vos regrets
des presses d'où vous êtes sorties.

Mais quand je vous ai lues,
ô vous que je n'ai pu attendre
et que je suis allé chercher avant le passage du facteur,
– j'ai passé devant la douane
où j'ai aperçu d'autres paquets ficelés
pareils à d'innombrables cordons d'ombilic qui seraient
[mal coupés
et où se décanterait encore la respiration originelle, –
je vois que tout se ressemble partout
puisque le même ciel est toujours le toit du monde,
que les vents en forment toujours les murailles invisibles
et qu'un désir d'herbes jaillit partout sous le pas
comme les pensées et les méditations,
ou la hâte et la négligence
qui ont fait de vous ces feuilles peintes et volantes
venues à moi de toute la terre.

Zébu

Voûté comme les cités d'Imerina
en évidence sur les collines
ou taillées à même les rochers ;
bossu comme les pignons
que la lune sculpte sur le sol,
voici le taureau puissant
pourpre comme la couleur de son sang.

Il a bu aux abords des fleuves,
il a brouté des cactus et des lilas ;
le voici accroupi devant du manioc
lourd encore du parfum de la terre,
et devant des pailles de riz
qui puent violemment le soleil et l'ombre.

Le soir a bêché partout,
et il n'y a plus d'horizon.
Le taureau voit un désert qui s'étend
jusqu'aux frontières de la nuit.
Ses cornes sont comme un croissant
qui monte.

Désert, désert,
désert devant le taureau puissant
qui s'est égaré avec le soir
dans le royaume du silence,
qu'évoques-tu dans son demi-sommeil ?
Est-ce les siens qui n'ont pas de bosse
et qui sont rouges comme la poussière
que soulève leur passage,
eux, les maîtres des terres inhabitées ?
Ou ses aïeux qu'engraissaient les paysans
et qu'ils amenaient en ville, parés d'oranges mûres,

pour être abattus en l'honneur du Roi ?

Il bondit, il mugit,
lui qui mourra sans gloire,
puis se rendort en attendant
et apparaît comme une bosse de la terre.

Ronde pour mes enfants présents

– Que nous rapportera-t-il, notre père,
de son voyage de demain ?

– Solofo je suis, donc une pousse neuve,
une pousse neuve au pied de l'arbre :
je désire une pousse de roseau
avec du miel épais dedans.

– Sahondra je suis, donc une fleur,
une fleur qui dépasse l'herbe :
je désire des fleurs en grappe
que je mettrai dans mes cheveux.

– Voahangy je suis, donc des perles de corail,
de grosses perles de corail :
je désire des coraux de pourpre
à enfiler au collier de mon nom.

– Notre père nous apportera
une pousse enroulée de grappes corallines.

Soirs d’hiver

Je préfère encore les soirs
où je sens que ma voix se fait indécise
comme celle des enfants et des jeunes filles
et des femmes qui ne vivent plus que de souvenirs –
peur ou regret, angoisse ou recueillement ? –
Je préfère encore les soirs
où le soleil convoite les grappes de raisin
que la nuit cueille partout où il a déjà passé ;
je les préfère, moi,
aux matins que je ne puis voir,
mes fenêtres s’ouvrant sur le ponant,
et l’autre mur étant doublé par les ombres voisines
qui se bombent comme des loupes sur le garrot d’un
[taureau.

Et les soirs d’hiver où il bruine
sur les paysages d’Iarive
qui me rappellent Utrillo,
les longs soirs de bruine
où tout frissonne, jusqu’au bonheur de l’enfant
qui tète en paix comme veau en été,
et jusqu’à la tristesse qui fait ombre
dans les yeux de la vieille fille
qui regarde en vain autour d’elle.

Iarive, Iarive,
étendue sur l’herbe tendre des rizières
où le vent et la clarté se fuient et se retrouvent,
isolée sur les rochers comme des cactées,
accroupie comme un bœuf surpris par la nuit
ou élancée comme une pousse de bambou au bord de l’eau,
c’est toujours au seuil des soirs d’hiver
que tu es surtout toi-même.

Tu n'y es que songes et que mélancolie,
ô tombeau végétal
érigé comme une maison froide
qu'entourent des lianes
défaites par les quatre vents qui courent
à la poursuite de leurs sangliers
qui beuglent près de ma porte.

Le vent

Force la grotte où marche le vent,
    source du parfum de l'aurore
    qu'il verse au seuil vespéral,
    et de la jeunesse des futaies lointaines
    qu'il cache dans la tendresse des herbes,
    et de la splendeur du soleil moribond
    qu'il ressuscite sur les collines prolongées.

Vois-le en songe quand il commence à poindre
    et s'apprête à se ramifier comme une liane vivante ;
    attends sur les rives des visions :
    à peine éclos, il apprend à voler
    puis déploie ses ailes comme un oiseau sauvage
    et vient s'égarer dans les vergers
    où il saccage fleurs et fruits.

Quelle liane, et d'où surgie ?
    La voici qui enlace tous les arbres :
    depuis les jamrosas parfumés,
    qui forment un buisson dans l'Est,
    jusqu'à la voûte des bougainvillées
    et l'élan des dragonniers qui ondulent
    sur les terrasses d'Iarive ;

depuis les mille cœurs des rosiers
    qui s'offrent au sommet des tiges vertes,
    et les gargoulettes des lys qui ne se s'ouvrent pas
    pour pouvoir recueillir la rosée des crépuscules,
    jusqu'à ces autres plantes sans nombre
    dont on ignore encore le vrai nom
    et que seuls vous connaissez, ô mes songes.

Oui, jusqu'à ces cheveux qui tremblotent

aux tempes de la vieille femme :
dernières fleurs de ses jours perdus
qui mendient un baiser au bord de la tombe –
et jusqu'au lambe que la femme-enfant
laisse traîner un peu en souriant
et qu'elle agite dans le brouillard !

– Et cet oiseau que tu ne vois pas
mais qui te frappe le front
et qui picore dans tes épaules
et griffe jusqu'à ta nuque :
quel oiseau est-il, l'oiseau du vent,
cet oiseau ivre qui titube
comme une roussette aux ailes déchirées ?

– Légendes et légendes, fables et fables…
Innombrables sont les légendes qui peuvent forcer la grotte
où a poussé cette liane vivante
qui vient enlacer tous les arbres ;
innombrables, les fables qui entourent
l'éclosion de cet oiseau immatériel
qui tombe puis reprend son vol ;

mais il en est deux autres qui me paraissent neuves
et que je n'ai connues que ces jours-ci :
tournoyait derrière ma porte
le vent humide de l'hiver,
tournoyait comme nos enfants
qui se cherchent et se cachent
quand s'illumine l'automne ;

tournoyait avec violence
comme un sanglier poursuivi, ou un bœuf sauvage :
– D'où peut-il venir si ce n'est des forêts ou du désert ?
disais-je. Puis,
lointaine et presque inaudible,
plus rien qu'une rumeur comme en cèlent les coquillages :
– Il vient de l'océan, disais-je, le vent…

Danses

Chuchotement de trois *valiha*
son lointain d'un tambour en bois,
cinq violons pincés ensemble
et des flûtes bien perforées :

la femme-enfant avance avec cadence,
vêtue de bleu – double matin !
Elle a un lambe rose qui traîne,
et une rose sauvage dans les cheveux.

Est-ce une pousse d'herbe haute, est-ce un roseau
qui s'agite à l'orée du bois ?
Est-ce une hirondelle des jours calmes,
ou une libellule bleue au bord du fleuve ?

La femme-enfant avance avec cadence,
muette soudain de bonheur.
Elle écoute trois *valiha*, un tambour en bois,
des violons et des flûtes.

Mais voici que ses lèvres tremblent,
où surgissent des songes
irrésistibles au point de devenir des plaintes,
et même des chants après !

Et la vieille femme s'émeut aussi
et vient prendre part à la danse :
un pan de son pagne est dans la poussière,
tout comme ses jours qui déclinent.

Ce ne sont ni plaintes, ni chants
qui fleurissent son visage :
des larmes l'imprègnent seules

au souvenir de tous les morts…

Se souvenir… Comme une pleine lune
près de chavirer et de n'être plus visible,
voici le printemps qui s'effeuille
et n'est plus qu'un tombeau de feuilles mortes…

Et les doigts se rencontrent :
les doigts frêles de la femme-enfant,
et les doigts inertes de la vieille femme,
doigts pareillement translucides –

se rencontrent et forment comme une passerelle
qui relie le crépuscule
déjà éclos sur les collines
avec le jour qu'annonce le coq.

Valiha

Blocs d’émeraude pointus
surgis du sol
parmi l’herbe dont le fleuve est cilié,
et ressemblant à d’innombrables cornes de jeunes taureaux
enterrés vivants par un clair de lune.

Il est une eau pure, il est une eau secrète,
froide comme le sable où elle se cache,
qui remplit ces frêles conques non perforées.

Puis deviennent une forêt de flûtes non travaillées,
deviennent un peuple de fûts
où de l’eau est captive depuis les origines :
deviennent des bambous bruissants de nids
et de vents.

Ils y résonneront
jusqu’à ce qu’y vienne un artiste
qui brisera leur jeunesse de dieux
et qui les écorchera dans sa cité
et tendra leur peau
avec des fragments de calebasses
et des bribes de lianes.

Et lorsque le soleil sera rouge,
lorsque les étoiles écloront
ou que les matins battront des ailes,
au bord de l’âtre
ou sur une natte neuve,
les bambous ne seront plus
que des choses chantantes
entre les mains des amoureux.

Lambe

Peu d'arbres fleurissent sans feuillage,
peu de fleurs éclosent sans parfum
et peu de fruits mûrissent sans pulpe –
tu es le feuillage, tu es le parfum,
tu es la pulpe du vieil arbre
qu'est ma race, ô lambe.

Ton nom rime bien avec *jambes*
dans cette langue que j'ai choisie
pour préserver mon nom de l'oubli,
dans cette langue qui parle à l'âme
alors que la nôtre murmure au cœur.

Ton nom rime bien avec *jambes* –
avec les jambes que couvre ta finesse
transparente ;
mais toi, tu rimes bien avec plusieurs autres choses
dans ma pensée.

Ton apparition rime avec les rochers,
en Imerina,
quand il y a fête et que la foule va sur les terrasses ;
avec les bandes d'aigrettes pacifiques
qui viennent se poser sur les forêts de joncs
dès que chavire le soleil.

Avec la terre rouge qui nourrit les bambous ;
avec les huttes qui bordent les futaies –
quelles ruches pleines de femmes-enfants ?
Quelles femmes-enfants enduites de graisses végétales ? –
avec le sable étincelant
et les sources que cèlent les ronces,
et toutes les beautés inconnues de l'île australe

que tu animes enroulé sur les épaules des miens,
ô lambe que j'ai délaissé
mais qui m'envelopperas, à la fin,
dans le silence de la terre
d'où jaillira l'élan des herbes.

Reconnaissance à Paul Gauguin

Pour Urbain-Faurec

Je compare, je confronte
les ombres des ombres animées par le maître
qui dorment dans le livre de Robert Rey
comme des captives enchaînées,
et quelques feuilles océaniennes
où il y a des images en noir,
et les hommes qui m'entourent,
et moi-même aussi.

Puis quelques chants d'amis
nés dans les terres froides
mais appelés à vivre au bord des mers torrides,
et ces paroles pour chant dites *pantoum*
dont sont fleuris les hauts élans des bambous
qui harponnent le soleil,
et ces mélopées nostalgiques
qui bercent de leurs syllabes harmonieuses
l'enfance de la lune
au ciel d'Imerina,
et cette voix intérieure aussi
que j'écoute depuis longtemps dans sa langue babélique.

Qui explorera les ténèbres des affinités obscures,
ponts de clarté emportés par les flots et l'ombre des âges ?
Qui dirigera le chœur
célébrant l'origine commune
à ces ombres ravies sur les plages australes
puis épinglées dans ce livre que je feuillette,
et à ces jeunes hommes, et à ces jeunes femmes
pareillement rendus à la nature par la chute de l'oiseau de

[lumière

puis par son relèvement ?

Je les guette pendant le règne de l'été,
et je les vois qui se donnent la main
aux frontières des légendes,
aux rives du fleuve des fables ;
et, tandis que s'élève le chant des continents,
je clame ton nom,
ô Paul Gauguin, ô Paul Gauguin
qui t'exilas au bord de la mer lointaine
où mes pères s'étaient peut-être embarqués dans des
[boutres –
là où je fusse, moi, resté
en l'attente de ton miracle.

Thrènes

I

Pour Esther Razanadrasoa

Toi qui es partie avec le jour
et qui es ainsi entrée dans une nuit à deux remparts,
les mots humains ne peuvent plus te rejoindre,
ni te couronner ces hampes florales
que sont devenus les bourgeons éclatant aux arbres
[d'Imerina
le matin même du jour où tu nous quittas.

Une porte de pierre nous sépare :
une porte de vent divise nos vies.
Dors-tu sur la terre rouge où tu es couchée,
sur cette terre rouge où l'herbe elle-même ne pousse pas,
mais où il y a des fourmis aveugles qu'enivre
le vin des raisins noirs de tes yeux ?

Dors-tu, ou parles-tu avec nos amis
qui t'avaient devancée dans l'Inconnu ?
Que divine a dû être votre nouvelle rencontre
au bord du fleuve que nous n'avons pas encore passé !
Vous vous disiez des poèmes que nous n'entendrons plus,
les poèmes qui n'avaient pas fleuri vos lèvres vivantes...

Ici, les mêmes arbres nous entourent,
les mêmes hommes nous adressent la parole,
les mêmes hommes qui ne nous ont jamais compris
et devant lesquels nous avons plus d'une fois chanté
ensemble – mais pour nous-mêmes...

J’en suis excédé. Mais voici des pages encore blanches
qui dorment parmi tes manuscrits
et parmi les livres que tu nous a laissés.
Seul le deuil, seul le silence
y tracent des signes inutiles
et déposent, après, leur signature de néant ;

et c’est nous, qui les remplirons de chants
pour perpétuer ton souvenir,
toi dont la bouche est scellée sous la terre,
toi qui ne sens plus les fleurs pousser autour de toi,
toi qui es devenue un pur silence
et qui ne chanteras plus que par nos lèvres ?

II

Pour une jeune femme
morte au bord d’une mer septentrionale

Il est une lune qui vient de chavirer
dans le sable
au bord d’une mer septentrionale ;
mais il est une étoile, née d’elle,
qui nous est restée
et qui lui ressemble comme une image.

Enlisée,
il est une pirogue d’argent renversée
qu’emprisonnent les racines des palétuviers,
et qui nourrit et embellit la vieillesse des arbres
avec sa propre jeunesse perdue.

Pauvres images,
encore que s’y ajoutent les ébauches de tant d’autres
qui sont évanescentes en ma pensée,

pour commémorer ton infortune,
ô jeune femme, ô jeune femme
qui as fermé les yeux à la lumière
tandis que le soleil naissait dans les palmiers
et que le bruit de la mer y cherchait un reflet sonore.

Maintenant, c'est le silence des coquillages qui t'entoure,
ô frêle chair bue par les coraux !
Les merveilles de la vie qui continuent
sont des songes que tu ne vois et n'entends pas dans ton
[sommeil :
les ailes de ces grands oiseaux blancs
qui viennent avec la lune naissante,
et les funérailles du vent
au cimetière désertique du sable,
et le chant de celles qui vivent encore
et cueillent par brassées les fleurs arénaires –
tout cela, ô mon amie,
n'est plus que comme ces herbes
qui s'effeuillent vainement sur ta poitrine
aspirée par une mer septentrionale !

Je préfère fermer les yeux et contempler
le réveil de cette mer que je franchirai un jour ;
je préfère y regarder les pirogues à balancier
qui s'équilibrent au milieu des flots,
comme ce pur bonheur
qu'on n'acquiert que dans l'infortune dont on triomphe.

Je préfère, je préfère...
J'ai prononcé le nom du bonheur –
devant toi, ô jeunesse brisée !

Et qu'importe !
N'est-ce pas, d'après moi, une tombe vide qui te garde
[captive,
ô toi que je ne verrai plus
que lorsque mes tempes seront cousues de fils blancs,
et que me regardera avec tes propres yeux

fleuris de jeunesse éternelle,
cet enfant qui vient de naître au bord d'une mer
[septentrionale.

III

Pour une petite phtisique

Une poignée de cendres
déposée sur une pierre froide
et qui ne fait même pas vivre une cépée d'herbes ;
une pincée de cendres
qui ne blesse même pas les yeux
quand souffle un vent errant –
et quoi de plus,
ô flamme ardente, ô torche vivante
renversée sous la terre rouge ?

Hier, c'était un feu intérieur qui te consumait
et qui jaillissait de tes yeux
comme de deux sources jumelles
aux alentours incendiés ;
et quiconque croisait ton regard
avait les yeux brûlés aussi,
à moins de se détourner vite
et de te fuir comme une vache furieuse,
toi qui n'avais ni beauté ni grâces,
mais qui attirais comme une belle femme en deuil
ou comme un jeune homme moribond.

Moi, c'étaient les ombres d'autres hommes que je suivais,
que j'interrogeais et écoutais
chaque fois que le soir déroulait sa longueur sur ton front
et faisait croître la nuit dans ta chevelure au parfum de
[terre –

c'était cette lignée d'hommes divins,
cette dynastie de rois déchus
qu'illustrent des noms de poëtes.

Keats apparaissait le premier comme une lune
émergeant de songes inconnus ;
Keats, qui vint verser le dernier souffle de sa vie
au pays soleilleux de Corrazini et de Gozzano
qui lui forment encore un cortège de chants fraternels.
Il y avait une urne grecque
dans ses mains devenues ombres et vent ;
puis je voyais son frère Endymion
qui y buvait l'oubli de la déesse.

Puis voici Chopin
venu des terres glacées
avec sa soif de bonheur
éteinte à la fontaine de la tristesse.
Voici Laforgue
qui se plaint de la vie trop quotidienne
et qui fume de très fines cigarettes
aux nez des dieux pollus,
et ses volutes de fumée parfumée
qui obombrent le fantôme maladif de Samain...

Mais tu n'es plus. Adieu, ô petite phtisique !
Ces ombres immortelles auront déjà couru à ta rencontre,
et je ne les reverrai plus dans tes yeux –
tes yeux qui se sont fondus avec les leurs
et qui ne peuvent plus étinceler qu'au pays de ce Chant
qui ne cesse de résonner en moi,
loin de tes cendres déjà dispersées.

Ton œuvre

« Tu n'as fait qu'écouter des chants,
tu n'as fait toi-même que chanter ;
tu n'as pas écouté parler les hommes,
et tu n'as pas parlé toi-même.

« Quels livres as-tu lus,
en dehors de ceux qui conservent la voix des femmes
et des choses irréelles ?

« Tu as chanté, mais n'as pas parlé,
tu n'as pas interrogé le cœur des choses
et ne peux pas les connaître »
disent les orateurs et les scribes
qui rient de te voir magnifier
le miracle quotidien de la mer et de l'azur.

Mais tu chantes toujours
et t'étonnes en pensant à l'étrave
qui cherche une route intracée
sur l'eau étale
et va vers des golfes inconnus.
Tu t'étonnes en suivant des yeux cet oiseau
qui ne s'égare pas dans le désert du ciel
et retrouve dans le vent
les sentiers qui mènent à la forêt natale.

Et les livres que tu écris
bruiront de choses irréelles –
irréelles à force de trop être,
comme les songes.

TRADUIT DE LA NUIT

1935

IN MEMORIAM

FAGUS, Marcel ORMOY et Robert-Jules ALLAIN, interrogateurs désormais d'une nuit qui ne peut se traduire que par l'étonnement et l'angoisse de notre douleur

J.-J. R.

Pour avoir mis le pied
Sur le cœur de la nuit
Je suis un homme pris
Dans les rets étoilés.

Jules Supervielle

1

Une étoile pourpre
Évolue dans la profondeur du ciel –
Quelle fleur de sang éclose en la prairie de la nuit

Évolue, évolue,
Puis devient comme un cerf-volant lâché par un enfant
[endormi.

Paraît s'approcher et s'éloigner à la fois,
Perd sa couleur comme une fleur près de tomber,
Devient nuage, devient blanc, se réduit :
N'est plus qu'une pointe de diamant
Striant le miroir bleu du zénith
Où l'on voit déjà le leurre
Glorieux du matin nubile.

2

Quel rat invisible,
Venu des murs de la nuit,
Grignote le gâteau lacté de la lune ?
Demain matin,
Quand il se sera enfui,
Il y aura là des traces de dents sanglantes.

Demain matin,
Ceux qui se seront enivrés toute la nuit
Et ceux qui sortiront du jeu,
En regardant la lune,
Balbutieront ainsi :
« À qui est cette pièce de quat'sous
Qui roule sur la table verte ? »
« Ah ! ajoutera l'un d'eux,
L'ami avait tout perdu
Et s'est tué ! »

Et tous ricaneront
Et, titubant, tomberont.
La lune, elle, ne sera plus là :
Le rat l'aura emportée dans son trou.

3

La peau de la vache noire est tendue,
Tendue sans être mise à sécher,
Tendue dans l'ombre septuple.

Mais qui a abattu la vache noire,
Morte sans avoir mugi, morte sans avoir beuglé,
Morte sans avoir été poursuivie
Sur cette prairie fleurie d'étoiles ?
La voici qui gît dans la moitié du ciel.

Tendue est la peau
Sur la boîte de résonance du vent
Que sculptent les esprits du sommeil.

Et le tambour est prêt
Lorsque se couronnent de glaïeuls
Les cornes du veau délivré
Qui bondit
Et broute les herbes des collines.

Il y résonnera,
Et ses incantations deviendront rêves
Jusqu'au moment où la vache noire ressuscitera,
Blanche et rose,
Devant un fleuve de lumière.

4

Ce qui se passe sous la terre,
Au nadir lointain ?
Penche-toi près d'une fontaine,
Près d'un fleuve
Ou d'une source :
Tu y verras la lune
Tombée dans un trou,
Et tu t'y verras toi-même,
Lumineux et silencieux,
Parmi des arbres sans racines,
Et où viennent des oiseaux muets.

5

Tu dors, ma bien-aimée ;
tu dors dans ses bras, ô ma dernière née.
Je ne vois pas vos yeux lourds de nuit
qui d'ordinaire s'irisent comme des perles authentiques
ou des raisins mûrs.

Une bouffée de bon vent entr'ouvre notre porte,
fait gonfler vos robes légères
et trembler vos cheveux,
puis emporte un papier de sur ma table
que je rattrape près du seuil.

Je lève ma tête,
le poème commencé dans la main :
vos yeux clignotent dans l'azur,
et je les appelle : étoiles.

6

Un oiseau sans couleur et sans nom
a replié les ailes
et blessé le seul œil du ciel.

Il se pose sur un arbre sans tronc,
tout en feuilles
que nul vent ne fait frémir
et dont on ne cueille pas les fruits, les yeux ouverts.

Que couve-t-il ?
Quand il reprendra son vol,
ce sont des coqs qui en sortiront :
les coqs de tous les villages
qui auront vaincu et dispersé
ceux qui chantent dans les rêves
et qui se nourrissent d'astres.

7

Reflux de la lumière océane.
Des poulpes, dans leur fuite,
noircissent le sable
avec leur bave épaisse ;
mais d'innombrables petits poissons
qui ressemblent à des coquillages d'argent,
ne pouvant échapper,
s'y débattent :
ils sont pris dans les rets
tendus par des algues ténébreuses
qui deviennent des lianes
et envahissent la falaise du ciel.

8

La dévote a fini ses versets quotidiens
et vient écouter ses enfants qui apprennent à haute voix
leurs leçons bibliques
sur la vérandah.
On dirait une cascade lointaine
sautant quelque rocher moussu,
là-bas, derrière les collines,
ou des chrétiens surpris par l'ombre
récitant des surates musulmanes
sous le ciel pacifique.

Moi,
par les interstices des feuilles qui en retombent
comme des larmes noires qui ne cessent de couler,
je ne puis rien discerner
et n'entends que des bribes de paroles
où reviennent souvent les mots : Égypte
et Israël.

Je me hausse sur une motte de terre
fleurant l'herbe foulée,
et j'écarte la verdure qui me gêne les yeux ;
un petit oiseau migrateur sanglote près de la cime ;
et je lève la tête ;
mais ce sont les étoiles que je vois :
bulbeuses comme les aulx,
mouchetées comme les cailles,
elles me rappellent les prières que je viens de confondre,
et, dans le désert de l'azur imérinien
où il me semble que l'exode
refuit les Pharaons,
voilà que les Religions se rencontrent –
et toi aussi, ô mienne, ô Poésie !

9

Les ruches secrètes sont alignées
près des lianes du ciel,
parmi des nids lumineux.

Butinez-y, abeilles de mes pensées,
petites abeilles ailées de son
dans la nue enceinte de silence ;
chargez-vous de propolis
parfumée d'astres et de vent :
nous en calfeutrerons toute fente
communiquant au tumulte de la vie.

Chargez-vous aussi de pollen stellaire
pour les prairies de la terre ;
et demain, lorsque s'y noueront
les roses sauvages de mes poèmes,
nous aurons des cynorrhôdons aériens
et des semences sidérales.

10

Te voilà,
debout et nu !
Limon tu es et t'en souviens ;
mais tu es en vérité l'enfant de cette ombre parturiante
qui se repaît de lactogène lunaire,
puis tu prends lentement la forme d'un fût
sur ce mur bas que franchissent les songes des fleurs
et le parfum de l'été en relâche.

Sentir, croire que des racines te poussent aux pieds
et courent et se tordent comme des serpents assoiffés
vers quelque source souterraine,
ou se rivent dans le sable
et déjà t'unissent à lui, toi, ô vivant,
arbre inconnu, arbre non identifié,
Qui élabores des fruits que tu cueilleras toi-même.

Ta cime,
dans tes cheveux que le vent secoue,
cèle un nid d'oiseaux immatériels ;
et lorsque tu viendras coucher dans mon lit
et que je te reconnaîtrai, ô mon frère errant,
ton contact, ton haleine et l'odeur de ta peau
susciteront des bruits d'ailes mystérieuses
jusqu'aux frontières du sommeil.

11

Combien de jumeaux sont-ils, les vents ?
Ils sont tous espiègles,
ils se poursuivent en sortant de l'herbe,
escaladent les murs devenus doubles,
sautent par-dessus les toits où se recueillera la rosée,
se voûtent sur les collines
et y secouent de hauts arbres immatériels
d'où se dispersent des oiseaux
aux yeux de verre
qui n'ont de nids nulle part,
et des baies rondes comme des blocs de quartz
qui ne se peuvent reproduire sur terre,
et se dissolvent en étoiles filantes.

12

Pour les pauvres dévorés de punaises aussi grosses que le ciel,
pour les exilés qui errent,
venant de la cité du jour,
et pour les rebelles et pour les déserteurs
de l'armée ombreuse montant de la terre,
que veulent faire ces élans de palmiers sans nombre
reluisant comme autant de manches de sagaies enduits de
[graisse végétale,
qui s'élancent immobiles
et dépassent toutes les maisons
jusqu'à ce que leurs cimes,
résonnant de songes de ramiers,
parviennent au toit du monde ?

Ils y ondulent, s'écrasent, puis s'effeuillent,
mais ne reviennent pas parmi les vivants,
et s'entassent dans le désert des étoiles,
et deviennent des huttes innombrables
pour les mendiants sans litière,
pour les captifs vêtus de leur seule peau puant la poussière,
et pour tous les oiseaux sans nid
qui seront délivrés ensemble.

13

Toutes les saisons sont abolies
dans ces zones inexplorées,
qui occupent la moitié du monde
et la parent de floraisons inconnues
et de nul climat.

Poussée de sang végétal provisoire
dans un enchevêtrement de lianes ténébreuses
où est captif tout élan de branches vives.
Déroute d'oiseaux devenus étrangers
et ne reconnaissant plus leur nid,
puis heurts d'ailes – éclairs –
contre des rochers de brume
surgis du sol
qui n'est ni chaud ni froid
comme la peau de ceux qui s'étendent
loin de la vie et de la mort.

14

Voici
celle dont les yeux sont des prismes de sommeil
et dont les paupières sont lourdes de rêves,
celle dont les pieds sont enfoncés dans la mer
et dont les mains gluantes en sortent
pleines de coraux et de blocs de sel étincelants.

Elle les mettra en petits tas près d'un golfe de brouillard
et les débitera à des marins nus
auxquels on a coupé la langue,
jusqu'à ce que tombe la pluie.

Elle ne sera plus alors visible,
et l'on ne verra plus
que sa chevelure dispersée par le vent ;
comme une pelote d'algues qui se dévide
et peut-être aussi des grains de sel insipide.

15

Tu te leurres,
toi qui as l'air d'un petit oiseau
égaré dans la forêt neigeuse qui va
jusqu'à la poitrine de Tagore,
de Whitman et de Jammes
qui remplacent le Christ sur ta couche,
puisque ce n'est pas la vieillesse du monde
ni celle du jour plusieurs fois millénaire
qui caresse ici sa barbe blanche
et épaisse comme l'oubli,
comme l'espoir et comme la brume des matins torrides,
là-bas, sur toutes les montagnes,
astrologue interrogeant les étoiles
et fumant une pipe en terre,
c'est sa jeunesse, ô mon enfant,
sa jeunesse éternelle :
métamorphosée
(peut-être grâce au chant des poètes que tu préfères
et qui créent pour toi une religion
dans ce silence sans fond
peuplé de colonnes et de fleuves,
de vivants et de morts)
elle n'est plus que l'ombre de tout le passé
et n'écoute que le seul présent.

16

Il est des mains rouillées sans nombre,
– ondes, ombres, fumées –
qui sarclent et marcottent
dans un buisson de framboisiers,
envahi d'herbes à hauteur de géant
d'où ne sortent que des oiseaux aveugles.

Que récoltent-elles, une fois lasses ?
Qu'y aura-t-il entre leurs doigts de vent ?
Des molles baies noires à force d'être rouges
sont déjà devenues d'innombrables champignons
au bord de ce fleuve sans piroguiers
pour embarquer tous ces paniers de fruits nocturnes.

17

Le vitrier nègre
dont nul n'a jamais vu les prunelles sans nombre
et jusqu'aux épaules de qui personne ne s'est encore haussé,
cet esclave tout paré de perles de verroterie,
qui est robuste comme Atlas
et qui porte les sept ciels sur sa tête,
on dirait que le fleuve multiple des nuages va l'emporter,
le fleuve où son pagne s'est déjà mouillé.

Mille et mille morceaux de vitre
tombent de ses mains
mais rebondissent vers son front
meurtri par les montagnes
où naissent les vents.

Et tu assistes à son supplice quotidien
et à son labeur sans fin ;
tu assistes à son agonie de foudroyé
dès que retentissent aux murailles de l'Est
les conques marines –
mais tu n'éprouves plus de pitié pour lui
et ne te souviens même plus qu'il recommence à souffrir
chaque fois que chavire le soleil.

18

Tu viens de relire Virgile,
tu viens aussi d'écouter les enfants
qui saluent la néoménie,
et les contes et les fables de ceux qui ne sont plus.

Est-ce l'heure bucolique,
ô cœur aspirant au repos,
cœur aussi hâlé que les roches ?

Les pâtres ? Ils ne sont pas ici ;
leurs troupeaux ? Regarde ces chèvres sauvages
aux cornes remplies de brume.
Leurs houlettes ? voici que les arbres unissent leurs cimes.

Les pâtres sont là-bas, ils escaladent le ciel.
Il y a des herbes nouvelles sous leurs pas,
Il y a des fruits irréels autour d'eux,
et des sources cachées qu'ils cherchent.

Et toi, et toi, tu crois être Corydon
tandis que, devant toi, apparaît comme un Alexis
qui souffle dans les flûtes
que sont devenues toutes les branches.

19

Il y aura, un jour, un jeune poète
qui réalisera ton vœu impossible
pour avoir connu tes livres
rares comme les fleurs souterraines,
tes livres écrits pour cent amis,
et non pour un, et non pour mille.

Sur le golfe d'ombre où il te relira
à la seule lueur de son cœur où rebattra le tien,
il ne te croira pas
dans les houles pacifiques
dont s'empliront toujours les abysses sans soleil,
ni dans le sable, ni dans la terre rouge,
ni sous les rochers dévorés de lichens
qui s'étendront derrière lui
jusqu'au pays des vivants
aveugles et sourds depuis la Genèse.
Il lèvera la tête
et sera sûr que c'est dans l'azur,
parmi les étoiles et les vents,
que ton tombeau aura été érigé.

20

Que de fois relayés
et que de fois les mêmes,
dans la lumière ruisselante,
les laboureurs de l'azur ?

Ont semé quelles graines,
ont planté quelles tiges
au royaume du vent,
et sur les monts arasés ?

Sont en quel inconnu,
derrière quel feuillage
et sur quelle herbe haute,
près des rives du soir ?

– Boivent à une source noire,
arrachent cressons et menthes,
puis, couchés sur le dos,
regardent les astres croître

jusqu'à votre éclosion,
ô glaïeuls rouges et noirs,
et jusqu'au saccage par le jour
de leurs aires aériennes.

21

Celle qui naquit avant la lumière,
est-ce aujourd'hui son septième jour,
aujourd'hui comme hier et comme en l'éternité
sans passé ni futur ?

Elle renaît pourtant
avec le sommeil des oiseaux
et tandis que se cachent les pierres blanches
sur les sentiers qu'ont désertés les chèvres
comme sur les routes où court le silence.

Mais tu ne vois d'elle que ses myriades d'yeux,
ses yeux reptiliens et triangulaires
qui s'ouvrent un à un
entre les lianes célestes.

22

Au bord des ombres qui stagnent,
sur des digues
dures et nues comme les roches,
mais où croissent des herbes précoces,
des pêcheurs sans nombre s'alignent
et jettent la ligne.

Des cimes qui s'arrondissent
comme des fruits qui mûrissent,
aux vallons qui s'allongent et deviennent plus humides
que les melons,
se suscitent des fuites d'oiseaux furtifs
et des dérives de clarté aveugle
qui effraient pareillement
et empêchent de mordre.

Maîtres du destin
et ne s'inquiétant de rien,
les pêcheurs s'interpellent de leur voix d'ombre
pour tendre les filets
dans lesquels ils rendront à la mer
ces poissons d'argent et de pourpre
qui se faufilent, insaisissables, à travers l'azur.

23

Lente
comme une vache boiteuse
ou comme un taureau puissant
aux quatre jarrets coupés,
une grosse araignée noire sort de la terre
et grimpe sur les murs
puis s'arc-boute péniblement au-dessus des arbres,

Jette des fils qu'emporte le vent,
tisse une toile qui touche au ciel,
et tend des rets à travers l'azur.

Où sont les oiseaux multicolores ?
Où sont les chantres du soleil ?
– Les lueurs jaillies de leurs yeux morts de sommeil
dans leurs escarpolettes de lianes,
font revivre leurs songes et leurs résonances
en cette évanescence de lucioles
qui devient une cohorte d'étoiles
pour déjouer l'arachnéenne embûche
que déchireront les cornes d'un veau bondissant.

24

Pour quels fruits, pour quelles grappes
tombés dans l'herbe
et cachés par les ramilles ?

Pour quelles gemmes taillées
confondues avec les cailloux
couverts de brume épaisse ?

Entre des mains calleuses
et rudes comme du pain
dévoré par le soleil,
des mains faites de doigts palmés
sans couleurs,
voici des myriades de torches
à la recherche de ce qui fut perdu
sur la terre
et qui germe au milieu de la prairie de chiendents
qu'est devenu tout ce que peut embrasser le regard.

25

Lames d'eau, verres étincelants
– lunettes pour myope ou pour presbyte ? –
velours de prunelles
lisse comme le cuir blanc des lis
et plus fragile qu'ongle d'enfant.

Les vents naissent au-delà des montagnes
et glissent jusqu'ici où dorment les plantes
qu'ils saccagent puis abandonnent.

Élan de lumière à leur poursuite
jusqu'au désert sidéral
jonché de lames d'eau, de verres
et de velours de prunelles
luisant silencieusement
et indiquant une route herbeuse
entrecoupée de fleuves caillouteux,
à cette lune borgne
qui y chancelle
et qu'égarerait le moindre tremblement de ses cils.

26

Tu t’es construit une tour sous le vent
puis tu t’es accroupie sur l’eau,
ô reine sans visage
dont la pointe de la couronne
défie ce-qui-deviendra-pluies,
et dont les diamants embués
sont faits d’astres, et rien que d’astres.

Ô belle âme de ce-qui-change ;
ô sœur et fille, tour à tour,
de cette lune qui vient de naître
à l’orée d’un verger,
tu as bâti sous le vent
et tu habites sur l’eau
comme mes rêves de sagesse !

Que nous fera la chute brusque
de ce qui est notre royaume ?

Comme ta tour, comme la mienne,
comme la perfide que foulent nos pieds,
cette joie dont pétillent nos yeux,
si elle doit bientôt s’éteindre,
ne nous reviendra-t-elle pas autre et nouvelle ?

27

Sœurs du silence en la tristesse,
les fleurs qui n'ont que leur beauté
et leur solitude,
les fleurs – morceaux de cœur terrien
palpitant à l'unisson des nids –
dorment-elles ici, font-elles des rêves
sur la fin de leur destinée ?

Les doigts
qui ne voulaient d'elles que leur jeunesse,
les doigts se sont tous joints
dans la chaude blancheur des draps –
sauf les miens qui sont si frêles
et qui savent tant choyer
les choses délicates.

Mes lèvres aussi frôlent les fleurs,
les fleurs devenues plus mystérieuses,
et plus belles, et brusquement hardies.

Et j'entends,
mêlées à la respiration des herbes,
leurs dernières confidences.
Ah ! comme elles seraient douloureuses
sans ces parfums pacifiques, Seigneur,
qui s'évadent avec leur vie !

28

Écoute les filles de la pluie
qui se poursuivent en chantant
et glissent
sur les radeaux d'argile
ou d'herbes de glaïeuls
qui couvrent les maisons des vivants.

Elles chantent,
et leurs chants sont si passionnés
qu'ils deviennent des sanglots
et se réduisent en confidences…
Peut-être pour mieux faire entendre
cet appel d'oiseau qui t'émeut.

Un oiseau seul au cœur de la nuit,
et il ne craint pas d'être ravi par les ondines ?
Ô miracle ! ô don inattendu !
Pourquoi rentres-tu si tard ?
Un autre a-t-il pris ton nid
tandis que tu étais en quête d'un rêve au bout du monde ?

29

Il est une eau vive
qui jaillit dans l'inconnu
mais qui mouille le vent
que tu bois,
et tu aspires à sa découverte
derrière ce roc massif
détaché de quelque astre sans nom.

Tu te penches,
et tes doigts caressent le sable.
Soudain tu repenses à ton enfance
et aux images qui l'ont charmée –
surtout à celle où ces mots naïfs mais étonnants se trouvaient :
« La Vierge Aux Sept Douleurs. »

Et voici une autre eau vive
qui ne cesse de sourdre sous tes yeux,
mais qui attise ta soif :
ton ombre
– l'ombre de tes rêves –
devient septuple
et, émergeant de toi,
alourdit la nuit déjà dense.

30

Vaines, toutes ces anticipations
qui veulent nous donner des ailes
et qui promettent
que nous séduirons un jour quelque Martienne ?

Vain aussi, le rêve
qui perdit Icare
plus que le soleil
qui but la cire merveilleuse ?

Mais quel triomphe certain
m'annoncent déjà tous ces signaux
que terre et ciel s'envoient
à l'orée du sommeil :

dans nos cités de vivants
jusqu'aux plus humbles huttes
répondent aux appels de feu
jaillis des étoiles naissantes.